KB024431

오래 문밖에 세워둔 낮달에게

박숙경 시집

오래 문밖에 세워둔 낮달에게

달아실시선
77

달아실

보조 용언과 합성 명사의 띄어쓰기 등 본문의 맞춤법은 시인의 의도에 따
른 것임.

다시,

몇 해 동안 지은 옷을 내게 입힌다.

여전히 발가벗지 않은 시가 없다.

2024년 사월
박숙경

차례

오래 문밖에 세워둔 낮달에게

2부. 슬픈 시 하나 읽어도 되겠습니까

3부. 노을이라는 뜨거운 말을 생각하며

4부. 어느 골목길 모퉁이에 내가 서 있습니다

1부

사월 다음 내릴 역은 미정입니다

봄날의 반가사유

봄의 꼬리엔 몇 개의 시샘이 따라다닌다

다 부러워서 그러는 것
눈앞이 뿌연 것도
바람이 갈지자로 걷는 것도

동진강 물결이 반짝이는 영농조합법인 앞마당
색색깔 옷을 입은 몇 대의 트랙터
나란히 가부좌를 틀고 꽃괴 눈을 맞추고 있다

저 덩치들을 불러낸 것도
떠받치고 있는 것도
연두가 밀어올린 노랑이려니

냉이꽃이 돌멩이를 떠받치고
유채꽃은 트랙터를 떠받치고
세상을 떠받치는 힘이 작고 여린 것에서 나온다는
아주 시적인 순간을 사적으로 지나가는 유혈목이

멈칫 물러선 걸음 위로
참새 몇 마리 포르르,
보리밭 쪽으로 날아가고

이월

　청머리오리 수컷이 물속으로 부리를 꽂고 궁둥이를 치
켜든다
　앞발은 물속을 뒷발로는 바깥을 휘젓는다

artistic swimming
허공이 잠시 흔들린다

한 바퀴 돌 때마다 태어나는 파문의 자세는
butterfly

아름답다, 라는 말은 절실한 순간에 태어난다

돌 위에서 볕을 쬐던 흐린 갈색의 암컷이 뛰어든다
솔로에서 듀엣으로 종목이 바뀐다

바람의 노래는 크레셴도 데크레셴도
우아함을 유지하면서 점점 난이도를 높인다

우수雨水 근방에서 물구나무선 저들의 자세

간절함이 자라면 경건함이 될까

살얼음판 위에 벗어둔 하루 위로 고단한 바람이 지나간다

절룩

절룩절룩 책 부치고 오는 길
접질렸던 왼발에 무게가 더 실려요

시든 장미 옆으로 유모차가 지나가요
쌍둥이 중 한 아기가 손가락을 빨아요
나의 절룩과 아기의 손가락 사이엔 결핍이라는 말이 있
어요

소공원 벤치에 노인 몇 나란히 앉아
폭염보다 더 뜨거운 고독을 뜯어내는 중이에요
고독은 삼각형, 꼭짓점은 무엇이든 끌어당겨요
어디선가 달려온 소낙비 한줄기 넘어지고
절룩이 모여 여름을 견디는 풍경이라고나 할까요

신호등이 초록으로 바뀌면
절룩을 감추고 하나도 안 아픈 사람처럼 걸어요
아직 꺼내놓을 용기가 내겐 없는 거죠
절룩을 앓기 전엔 누구의 절룩도 보이질 않았어요

나의 절룩을 내가 읽었을 때
비로소 우리의 절룩이라는 문장이 완성된다는 걸
수많은 절룩 속에서 깨닫는 오후예요

화단의 치자꽃이 마지막 향기를 토해요
잠시 절룩을 잊고 그 옆에 쪼그려 앉아요

다음 역은 사월입니다

사월을 생각합니다
단물 덜 빠진 껌을 꿀꺽 삼켜버린 아이처럼
치약은 삼켜버리고 맹물만 뱉어낸 표정으로

꿀꺽 삼켜도 될까요? 모서리가 많은 사월을

난간에 매달린 기억을 더듬어 추억을 건져내는 일은
토끼풀 속에서 토끼를 찾아내는 일보다 어려워요

봉급날이 다가오면 출석카드가 바닥으로 흩어지곤 했죠
백이십여 장의 타로카드로 점치는 사람처럼
상상도 못 할 일이지만 그 시절엔 그랬어요
나갈 돈이 많다는 표현으로도 쓰였던 시절
그조차도 추억이 된다니 우습지만

예고 없이 올라오는 예초기 소리
추억은 깎아내지 말아요
하마터면 사레들릴 뻔했잖아요
평화는 아득한데, 오긴 오나요

불만이 불만으로 자라나지 않은 건 다행스러운 일
　키 큰 사람이 되고 싶었지만 딱 햇살 받은 만큼만 자랐
어요

　해가 뜨기 전 노을을
　해가 다 저문 후 다시 쓰는 하늘의 이치를
　사월에 다다를 즈음에 알았어요

　사월 다음 내릴 역은 미정입니다

행운권 추첨

꽃이라는 말*이 왔다

갈기도 없는 푸른 말을 타고 달리면
꽃이 입이고 입이 꽃인 어떤 말을 만날까

맥주를 마시는 이들과 커피를 마시는 사람들
아는 얼굴과 모르는 얼굴이 섞여 있다

인연이 되고 안 되고는 별일이 아닌 어스름을
어둑하게 바꾸는 사람들, 그러므로 함께
주머니 속 별을 꺼내 상화나무** 가지 끝에 매단다

기타 소리 노랫소리를 뚫고 스미는 이 막막함은 무엇일까

관계를 맺은 사람들끼리 어디론가 사라지고
말馬과 말膏 사이
관계없는 먼 사람들의 말이 둥둥 떠다니는 밤
나 같으면 골든벨 울리겠다는 말
눈치는 또 빨라서 얼른 그 말을 주워든다

오늘의 행운 값을 지불한 셈이다

매천시장역 입구에서 달무리에 든 초승달과 마주쳤다

곧 봄비 드시겠다

그리하여, 숲이라 말하는

고물상들이 떠나간 후 그곳이 되었다
하늘은 유월 장마를 쉽게 내려놓지 않는다

가지를 옮겨 다니는 직박구리 목청이 경쾌해지자
특별한 바람이 등 뒤로 지나간다

오솔길이 넓은 길로 바뀌고부터
길은 심심하다는 말을 잊어버린 듯했고
길 가장자리에 나란히 신발을 벗어놓는 습관이 사람들
에게 생겼다

맨발로 걷는 일이 의식 같고 고해성사 같다
나도 어떤 무게인가를 벗어 저들처럼 얌전히 놓고
그늘과 햇살을 골고루 밟으며 걷는다

쥐며느리가 죽은 쥐며느리를 흘깃 보며 지나가는 일
발에 닿은 성질대로 순하기도 까칠하기도 한
이런 기분들을 신 대신 신어보는 일

사람들이 오래된 표정을 벗은 것처럼 걷는다

넝쿨장미 향기와 까치 발자국과 줄지은 개미와 떨어져
밟힌 오디는
서로 수혈을 하는 중이다

함지산 기슭에서 건너온 검은등뻐꾸기 소리와
직선으로 꽂히는 햇살이 함께 흔들어보는 나뭇가지

줄사철 아래 메꽃은 며칠에 하나씩 연분홍 식구를 늘이고

긴 여름

5병동 코드블루
거친 숨소리가 흘러나왔고 발자국 소리는 분주해졌다

사망이라는 말, 귓바퀴를 돌지 않고 세상에서 가장 빠르게 닿는 통보

살다가 목에 걸린 게 어디 음식뿐인가 자식들로 보이는 몇이 불려온 복도, 책임과 의무만 바닥을 텅텅 울리며 맴돌 뿐
곡哭은 열어둔 문으로 드나드는 바람의 몫

— 별이 될 거야

누군가 바깥을 말했고, 바깥이 나를 궁금해하지 않을 테니 궁금하지 않아, 되받을 때, 장마전선 확대라는 안전안내문이 뜬다

오동나무 잎을 훔쳐 단 바람소리 커질 때마다 고인 눈물이 말랐다 생뚱맞게도 착하게 살아왔던가 흔들렸다 아

무리 멀리 달아나도 여전한 고열의 영역, 해열제와 항생
제를 다시 투여하고 땀범벅의 두어 시간이 지나면 미열의
영역에 닿을까 개운한 날이 밝을까

　미처 알아보지 못한 안쪽의 나를 후회하는 밤
　토막잠 사이로 뛰어든 악몽과 쓸데없이 사소한 유리질
의 생각들이 소리 없이 박혀드는 시간
　한 사발 희멀건 죽은 새벽으로 바뀌기엔 너무 흐릿하다

　어쩌자고 빗소리는 자꾸만 귓전에 와닿는가
　어쩌자고 종소리는 새벽 오래된 기억의 종루에서만 날아
오르나

　새벽, 또는 가을이 저쪽에서 여름을 밀어내고 있는 중일
것 같은

어깨너머

멀지도, 아주
가깝지도 않은

등잔불처럼 구석에서 가물거리는 말

가만히 있어도
한쪽으로 기울어지는
어깨
그 너머에 있는 약간의 다정함
또는 친절함

아이들 어깨너머로 컴퓨터를 익혔다
어깨너머, 물렁한 말들을 좋아해서
자주 물렁해졌다

불린 쌀을 꼭꼭 씹어 막냇동생 입에 넣어주던 할머니의
어깨너머를 배워 할머니의 손발톱을 깎아드렸다 딱딱해
진 것들은 밖으로 자라는 것 같았다

돌부리를 차 시커멓던 발톱이 빠졌던 유년이 내 어깨너
머일 수도 있고
  아이들에게 하나씩 물어보며 워드를 익히던 일은 아이
들 유년의 어깨너머일 것이다

  되짚어가는 일이 더 많아
  돌아보면 늘 거기에 서 있는 사람
  어깨너머일 것이다

  폭풍전야, 지금은
  오늘의 어깨너머가 깨질 듯 고요하다

일요일

흰 비둘기가 날아갑니다
물고 온 휴일을 실외기 위에 내려놓았네요
방충망을 열고 갓 태어난
휴일을 안으로 들입니다
집안 가득 휴일이 됩니다

재잘대던 휴일이 멈췄습니다
심장을 껐다가 켜봅니다
나시 볼아삽니나
동그라미 친 하루가 휴일 안에서 덜커덩거립니다
수평이라는 말은 길고 지루한 맴돌기지만 그냥 안아줍
니다
창문을 활짝 열고 휴일을 꺼내 넙니다
바깥을 서성이던 바람이 들어와 소파에 널브러집니다

이제 휴일은 오늘의 날씨에 맡깁니다
충전기에 꽂아둔 마음인데 졸다가 깨고 졸다가 깨고
하늘은 자꾸 파래져 이쪽이 자꾸 지워져갑니다

급하게 들이닥쳐

야금야금 꽃의 시간을 빼먹은 봄이 뱀처럼 산등성이를 넘습니다

환한 날씨도 숨겨둔 발톱이 있는지

중계를 보는 맨발이 시리지만

야구가 있어 잠깐 괜찮은 오후가 됩니다

맹금류 한 마리 빙빙 돌더니 높이 남은 휴일을 채갑니다

나는 금세 사라졌습니다

휴일이 텅 빈 시간입니다

창이 밖으로 몸을 펼치고 축 늘어진 마음을 말리는 중입니다

살구가 떨어져

하늘이 가벼워진 이유는
늙은 별을 내려놓듯 밤새
볼이 불콰한 살구 몇을 버렸기 때문

밤이 툭툭 터지는 바람에
놀란 쥐똥나무 꽃이 가득 뛰쳐나온 길을 걷다 보면
고향 집 뒤꼍으로 이어질 듯

참한 살구나무가
장독대 건반의 도, 레, 미를 손가락 끝으로 짚을 때마다
반음씩 굵어지던 살구

살구가 시큼 달콤 구르고 굴러 새끼들 입으로 들어가길
바라는
할머니의 채근은 아침으로 바뀌죠

바람이 지나가기를 기다렸어요
떨어져 애틋한 살구를 굽어보는 오월은 다정합니다

양손 가득 공손히
모셔온 살구는 할머니와 항렬이 같고요
시큰둥해지면 어디 에이드에 댈까요
잘 친 사기처럼 뺀질뺀질하게 최대한 말랑말랑하게

그러다 보면 몇 알의 달콤한 문장이 살구를 따라 발효
되고요

바람 없이도 때가 되면 살구가
나뭇가지를 건너오듯이
나를 건너온 한 편의 시가
또 다른 나를 불러 다정하더라는 것, 요즘 알아가는 중
이에요

블랑 또는 블루홀

이 이야기는 병 속에서 태어난다

누구는 폭죽처럼 터지는 게 좋다고 했고 나는 소리 없
이 터지는 게 좋다고 했다
술을 비우고 난 뒤 술병이 꺼내놓은 푸르른 세계
아무 생각 없을 때의 텅 빈 머릿속 같거나 무릎을 꺾어
야 속을 내보이는 드럼세탁기와 비슷하다고 해야 할까

가끔 수평이 맞지 않을 때, 이 이야기는
너무 깊고 파란 소용돌이로 아찔해질 것이다

― 아직 너를 잘 모르겠어
― 아래로 아래로 내려가보지만 바닥을 찾지 못하겠어

창가에 놓인 빈 병을 비문非文이라 읽어도, 비문碑文이라
읽어도 좋다 그 순간 터지는 탄산의 거품이 우리를 삼킨
다 물고기를 좋아해 물고기처럼 뻐끔거리는 푸른색, 입에
머금은 말들이 취기를 품고 개구쟁이 아이들처럼 뛰쳐나
온다

*오래전 삼켜버린 뱀처럼 대가리를 세우고 솟구치는 기억
은 독을 품었다*
감기는 눈을 비비면 물속 가득 나는 나비 떼의 대범람

만월은 달이 훔쳐다 단 옛사랑의 표정, 구름과 어둠 사
이를 흘러가고 달아나고 짓쳐들고 자정으로 지른 문턱을
넘어 한 세계가 허물어지고 다시 일어선다

사과를 받으려면 가방에서 사과를 꺼내야 하네, 누군가
말했고 우리는 대답 대신 술잔을 부딪친다

키보드 첼로 드럼 연주에 맞춘 재즈풍의 노래이거나 오
래된 팝을 들으며 마시는 블랑의 세계 오렌지와 시트러스
향의 조화로움이 한 모금의 아이스와인처럼 입안을 날아
다니는

감포종점

추령재를 지나면서부터야

포구에 닿으면
나머지 몸무게 절반이 또 사라지지
온 바다가 내 것인 양 풍선처럼 들떠 읍내를 통과해야
하네

감포종점은 그렇게 있지, 문득
막 고개를 돌리면 거의 지나쳤음을 아는 곳
밤이 깊어야 했지만 분명 한낮이었고
나도 모르게 마포 종점이 입술을 빠져나왔네
있을 리 만무한, 갈 곳 없는 밤 전차를 호출하는 사이
바쁜 자동차들은 녹슨 간판이 걸린 다방 거리를 지나쳐
가네

불행하게도 비는 내리지 않았고
오가는 사람들 눈에 담긴 무수한 기다림도 읽지 못했네

차들은 수평선 쪽으로 자꾸 달아나네

― 이다음 내가 지나가는 사람이 되면 궂은비 정도는
내려주겠지

　　포구 맞은편, 그야말로 옛날식 다방 구석진 자리 물 날
린 비로드 의자 위에 쓸데없이 명랑해지는 엉덩이를 주저
앉히고 퀴퀴한 냄새 따윈 모른 체하며 늙은 마담의 주름
진 손으로 건네는 칡차나 마시면서 연락선 뱃고동 소리가
얼마나 서글픈지 들어보고 싶었네*

　　우연히 눈에 든 종점을 생각하면
　　첫사랑 하나쯤은 있어야 될 것만 같았네
　　어디서 나처럼 늙어가지 싶은,

* 최백호의 〈낭만에 대하여〉 변용

비산동 그, 집

왼쪽 머리카락이 몽땅 잘린 딸아이가 돌아왔다

웃다가 들킨 낮달 혼자만 바깥에 세워두고
문고리도 없는 미닫이문을 닫고서

집주인도 아닌, 내가 서러워 괜한 말을 마구 쏟아냈다

화난 엄마가 처음인 듯
아이는 다섯 살처럼 울었고
울던 울음을 낚아채고 주인집 여자가 자기 딸을 두들겨
패는 소리가 들렸다
주인집 아이에게 미안해졌다

집에 있는 여자들은 아이를 돌보며 마늘을 까거나 알밤
을 깎거나 우산을 꿰매거나, 가만히 놀지는 않았다
비산동이지만 가난했고 날개가 없었지만 자주 모여 밥
을 비벼먹기도 했다
가끔은 없는 사람의 뒷말들이 귀신처럼 골목을 기웃거
리기도 했지만

온 여름 혈서만 쓰다가 열매 하나 매달지 못한 석류나
무가 작은 마당을 지키던 집, 연탄아궁이 하나에 찬장 하
나가 전부였던 부엌, 연탄재를 들고 청소차를 따라가다
엎어졌는데 아픈 곳 하나 없는 기억, 마당 수돗가에서 비
맞으며 설거지와 빨래를 해도 손 시리지 않던, 지금은 희
미해진 동네가 있었다

　오래 문밖에 세워둔 낮달에게 이제 겨우 미안하기도 한

슬도

바람이 속엣말을 툭 뱉고 돌아서면
바람의 말로 울먹이는 파도

생각할수록 먹먹한 노래 하나
두고 왔다

온통 바다뿐인 거기,

2부

슬픈 시 하나 읽어도 되겠습니까

혼자 울기 좋은 시간

와글와글, 추억을 꺼내도 되겠습니까
개구리처럼, 짝을 해도 되겠습니까 둥글게 둥글게
우기雨期가 맨발로 서성이는 새벽 세 시,
여전히 지구는 토란이 품은 잎처럼 생각을 밀어내는 시간입니다

날카로운 고양이 울음을 밀쳐내는 매미 소리
풀벌레 소리를 빈 병 던지는 소리가 지워버립니다
소리가 커지는 만큼 행복해져도 되겠습니까

도시에 살아야 사람의 무늬를 갖는다고 말하는 사람들
저마다 기대거나 비빌 언덕 하나쯤은 숨기고 있어야
숨 쉬기가 조금은 나을 듯 하다던가요

그런 언덕엔 가 닿을 수 없어요

새벽 문장이 손가락 사이로 빠져나갈 때
개구리는 개구리 소리에 기대고
사람들은 사람들의 소리에 기대어 살고

담쟁이에 담장이 기대어 살아도 될 텐데

브루클린으로 가는 마지막 비상구*를 들으며 슬픈 시
하나 읽어도 되겠습니까
당신의 이데아를 생각해도 되겠습니까?

* 영화 〈브루클린으로 가는 마지막 비상구〉의 OST 〈A Love idea〉

가능한 행복

이 세계는 내가 발명한 거야

한 번도 잠든 적 없는 것처럼
가만히 눈을 뜨고
나를 사라지게 하거나 나타나게도 하지
내가 사라지는 건
누구에겐 아픔일 수도 있겠지만
그 누군가도 가끔은 사라지고 싶을 때가 있었을 거야

나를 내려놓으면 슬픔이 사라질까
내려놓은 나는 슬픔일까

걸어도 걸어도 국경은 멀어
희망과 체념을 뒤섞어 머릿속을 재구성하는 중이야

나와는 어울리지 않는 생각이라고
누군가 말하지만, 뭐 어때
그따위 고상한 말들
어차피 내겐 사치였어

행복과 불행, 그 사이에 다행이라는 말이 있다는 게
얼마나 순진한 일이야

오늘은 햇살이 고르고
아무도 포기하지 않으려는 눈치

이런 날 밤엔 별이 뜨는 쪽으로 걸어갈 거야
아무도 포기하지 못하게

늦장마

아직 도착하지 않았으므로, 새벽이
문을 열기까진 잠시 기다려야 한다는 걸
둥근잎나팔꽃은 안다
배경이 되어주기로 한 하늘이 자주 울기 때문이다

쥐똥나무는 무시로 가지를 꺼내 직박구리의 배를 채운다

속눈썹이 짧아 겁이 많던 시절
눈썹이 길어 슬픔이 깊다던 낙타의 슬픔을 부러워한 적
있다
눈물의 크기는 슬픔의 무게와는 무관하게
둥글고 길며 가늘게 흐르는 냇물이 된다

지금은 밤새 서성이던 눈물을 말리는 시간
어둠의 궤도에 서서 울면 우주가 흔들린다는 말을
농담처럼 던졌는데 정말 우주가 흔들린 것 같고

비에 젖어 여름이 다 갔는데 장마는 되돌아와서 유행가
처럼 지루하고

사람들의 모퉁이를 허물어 얼룩을 새긴다

노랗게 부푼 뚱딴지꽃이 겨드랑이에 숨겨둔 나비를 꺼
내면
몇 절기節氣를 걸어온 바람은 흐린 하늘에 나비를 올려
놓는다

오늘부터 부피가 늘어난 슬픔은
높은 곳에서 낮은 곳으로 표백제처럼 쏟아지리

일시 소강

끊어낼 틈조차 없이 저희들끼리 연결된 비를 어쩌나
아쉬움이라는 것은 가령,
내 건너 동무와 떠내려가는 것들을 말할 수 없다는 것
넘치는 둑 너머엔 쉽게 손 놓을 사정이 생긴다

천지사방으로 퉁퉁 부은 말들이 떠 있다

며칠 전 자전거 탄 사람을 삼켜버린 팔거천
황톳물은 시치미를 뚝 떼고 더 삼킬 게 많다는 듯 꿀렁
꿀렁 내려가고,
— 아직 못 찾았나 봐요
— 네, 우리 힘든 건 괜찮은데 가족들이 힘들지 싶어요
지나가던 소방관과 나눈 대화도 곧 떠내려갈 거였다

언젠가 기포가 올라오는 맥주잔 앞에 지금의 긴 장마를
안주로 올리겠지

비, 예보가 살짝 비켜가서 고마운 새벽
그새를 못 참고 올라오는 매미 소리

노인정 할머니들이 집게랑 비닐봉지를 들고 벤치에 앉
아 있다
고목에 핀 꽃이 더 애틋하고 아름답다는 생각을
햇살이 쨍쨍 비추고 있다

아! 빨래하고 싶다
윤내과 간호사 입에서 새어나온 말이다

기억의 책장을 넘기면

꽁꽁 얼어 되돌아온 1학년을
왜 왔냐고 묻지도 않고
돌려세워 앞장서 걷던 어머니를
옆에 앉히고
오래전 그 길을 달린다
다 알고 있다는 듯 망초와 금계국이 뒤섞여 흔들린다

보행차를 꺼내 펼 때면
접힌 추억이 쏟아져 펼쳐내는 엄마의 세계
이 페이지의 주춧돌 저 페이지에 살던 누구누구가
보행차를 접으면 같이 접혔다
두런두런 말들이 새어나왔다

　좁아진 골목이 왜가리 소리를 불안하게 껴안고 있었다
감나무와 외양간과 밤마다 빨간 손 파란 손을 묻던 변소
가 사라졌고, 바쁜 아버지 대신 줄에 매달려 종을 쳤던 교
회 종탑도 사라졌고, 늘 취해서 아버지 팔에 붙들려 다녔
던 아재는 아직 여전하시고, 술 한 잔도 안 드셨던 아버지
가신 지는 삼십팔 년

지게 위 땔감 사이에
한 아름 참꽃을 꽂고는
삽짝을 제치고 환히 웃으며 들어설 것 같은
아버지의 기억쯤에선
함께 눈시울이 붉어지는 걸 모른 체했다

폭염의 나날

합동 조사 결과는 늘 사실을 재확인하는 정도
두루뭉술, 새로울 것 없는 뉴스를 생산한다

벚나무 가지의 매미 같거나
다시 소 잃고 외양간을 고치는 척하거나

사람이어서 미안할 때가 많다

서로가 납득할 수 없는
이전과 이후
'묻지마'를 단 사건들이 줄지어 태어난다

그럴 때마다 탄생하는 수많은 미봉책들
긴 장마와 유례없는 폭염을 주범으로 지목할 뿐

떨어지는 땀방울 위에 둥둥
떠다녀볼까, 함께 미쳐갈까
죽으라는 법만큼이나 뜨거웠던 날들이
달력의 입추라는 작은 글자에 잠시 기댄다

태풍도 가끔은 북쪽에서 온 바람에 막힌다

젖어 퉁퉁 분 마음을 난간에 널어 말려야겠다

나는 집사다

모가지 잘려 축 늘어진 마가렛에 필요한 건 물이죠

함께 살려면 궁금해해야 합니다 무엇이 필요한지
마른밥을 먼저, 관심을 보이지 않으면 물을 줘봐야 해요
아, 요즘은 싱크대 올라 물을 보채요 물을 구하는 새로
운 방법이죠 다 먹도록 지켜봐주는 일은 나이 든 고양이
에 대한 예의

그래요 가끔은,
내가 읽던 시를 고양이가 읽기도 하고 아예 시집을 베
고 누워 외우기도 해요 잠시 쉬는 사이 자판을 두드려 쓰
던 시를 이어 나가죠 고양이의 언어는 아직 내가 모르는
말, 간신히 써놓은 몇 줄을 양에 안 차는지 지워버릴 때도
많죠

이럴 땐 집사는 팔불출이 됩니다

췌장염을 앓는 고양이가 토할 땐
뚫어져라 강아지를 쳐다보고요

얼른 이불 위의 고양이를 안고 뛰어야 하죠

여름은 그래요
적시는 것들 투성이입니다 스콜처럼 국지적 호우처럼
쳐들어오고 얼룩만 남기죠
바람 없는 날의 여름밤처럼
물 먹은 마가렛이 빤히 고개를 쳐드네요

물의 힘을 믿으면 강아지는 털이 자라나요
털을 없앨 생각을 하다 여름이 여름에 더 가까워져요
바람과 자정이 손을 잡으면 선풍적인 어둠이 함께 흔들
려요

시간을 늘려야겠어요 고양이 발소리를 강아지가 따라
가고 나는 그 발자국을 따라다니고 그러다 잠과의 거리
가 멀어진다 한들

무언가가 자꾸 나를 피해요 밤은 그런 것 같아요

불면, 그리고 고요

아무에게나 살갑게 구는 낡은 방식을 접어 넣으면
세상의 나는 없는 거야

하는, 생각에 머물 때 눈썹 끝에 몇 개의 별이 뜬다

온종일 삐걱거리던 말, 누구에게도 할 수 없는 말
초침 소리와 함께 구겨 혀 밑에 가두면
세상에서 제일 가여운 돌처럼 가라앉고
나를 둘러싼
깊어 슬픈데 아름다운 밤이 강물처럼 흐른다

밤, 어둠이 어둠을 껴안고
뒹구는 숨소리를 죽이고 가둬둔 말을 꺼내본다
안경테에 들러붙은 잠 따윈 무시할까

  잃어버린 신발 한 짝과 자주 풀리던 신발끈에서 벗어날
수 있을 거야
  작은 연못을 돌아온 바람마저 얼어붙는 정월, 밤이 끝
간 데까지 짧아지면 베개 밑에 묻어둔 팔을 꺼내 그립다

고 써볼까
  아! 영춘화 벙그는 속도를 어쩌나

  새벽이 오면 방의 귀퉁이나 잡고 보채던 이 밤을 후회
할지도 몰라

  노랑딱새 날갯짓 한 번이면 목련나무 꽃눈이 실눈을 뜨는
  다시 성큼 다가설 봄

  멀리 구급차 지나가는 소리
  그리고 수만 평의 고요

여름 저녁

마른 화분에 물을 주다가
문득 내다본 바깥이
해거름일 때

엄마 손에 잡혀 들어가는 아이의 눈빛이
그네의 시간을 흔들 때

텅 빈 그네가 혼자가 아니란 걸 알았을 때
어디든 상관없이 해거름처럼 버는 괭이밥에 괜히 신경
이 쓰일 때
태복산 쪽 하늘이 먼저 붉게 글썽인다

텔레비전은 마침맞게 경포대 저녁놀을 배경으로 깔고
오렌지색 셔츠를 입은 김창완을 내놓는다
기타를 치며 부르는 너의 의미
일흔이 다 된 나이에 참 대단해 작사 작곡 노래에 기타
까지

그러던 참인데 윤도현이

나의 하루를 가만히 닦아주는 너

옷을 여민다
소낙비 같다

소만과 망종 사이

센트럴파크와 더 휴 사이
숲길
바닥이 가맣다

물러터진 기억과 숲길을 걸으면
고치를 팔아서 밀린 공납금을 내던 젖은 발자국이 찍힌다

직박구리가 발자국을 물어다
침엽수 가지 끝에 올려놓는 것을 볼 땐 이슬비가 내린다

한입 가득 오디를 머금으면 몸으로 번지던 노린재 냄새

어느새, 흩어진 기억의 발치에 서 있는 여름

쥐똥나무와 넝쿨장미 사이에서
아주 먼 한 사람이 웅크리고 있는 것을 본다

한쪽으로 기울어진 세상에서
비스듬히 바칠 추억 하나 있으니 얼마나 다행한 일인가

싶어
　시간을 뭉개어 발자국으로 쓰고 있다

종달리 수국을 생각하는 밤

카페인에 덜미를 잡힌 잠이 잔금 투성이다
낄낄대며 날뛰는 초침들 방안을 휘젓는다
엎드렸던 적막이 뒤채다 흩어진다

가랑이 사이의 노묘老猫
색 바랜 분홍 코를 앞발로 감싸고
뒷다리를 한껏 잠 속으로 뻗고 있다
나는 누운 채 분침처럼 천천히
등을 쓰다듬고 이마에 입을 맞춘다

짚은 손보다 이마가 싸늘하다, 나는 흘러든다

괜히 손가락이 가려운
오늘 밤을 어디에 둬야 할까 나를 스쳐간 별의 이름은
무엇일까
허기졌던 시간들을 비켜가는 방법으로 네가 왔을까
이쯤이면, 꼬리가 꼬리를 무는 꼬리의 시간

그래도, 얼마나 다행이야

나름 살아 있음을 알리는 둥근 등과 긍정적인 고요와
자정의 모퉁이를 넘어와 반비례인 쓸쓸함

문득 나에게 다가왔던 말과
내게서 멀어져간 것들을 떠올리며
비바람 치던 종달리를 생각한다

사과의 완성

애야! 요즘 하늘엔 버튼이 생겨서
꾹 누르기만 하면 별이 쏟아진단다
갑자기 하늘로 올라간 별이 많아서 그래요
두 손으로 떠받치기엔 너무 많아요

물 먹은 구름엔 물 먹는 하마가 필요하지만
제대로 된 하마는 여태 본 적도 없는 걸요

사과가 익으면 여름이 완성될까요
눈물과 눈물 사이
60초 광고처럼 매미 소리에 우리는 잠시 가벼워져요

옛날 텔레비전을 돌리듯 오른쪽 왼쪽으로
창문을 돌려봐요
얼룩은 쉽게 지워지지 않는데
비라도 맞으며 마음껏 울고 싶은데

의지와는 상관없는 일들은
왜 장마 같을까요

칠월이 다 지난 화분에서 새로운 칸나 잎이 돋는 것처럼

사람들이 맡긴 울음을 울다 지쳐
밤비는 숨을 고르고
유통기한이 다된 매미가 자정을 넘어와 목청을 높이죠

떼창은 최선을 다하는 모두의 자세죠
사과 사세요
마녀의 목소리가 들려오기 전 불을 꺼야 해요

불빛이 사라지면 백만 개의 걸음들

차라리 나의 잠을 버릴 게
다시 울어도 돼, 잠들지 못하는 밤을 위로합니다

천둥을 동반한 폭우가 국지적으로 지나갈 거래요
가을 쪽으로 채널을 돌려줄래요?

명옥헌

느릿한 여름이 팔월 오후를 건너는 중이고요
나는 뭉게구름보다 한발 늦었습니다

뙤약볕은 절망이 익숙해질 무렵
다부지게 매달린 희망으로 바뀌죠

꽃그늘조차 붉은 저, 무궁無窮을 그리움이라 읽어도 될
까요

바람 한 점 없이도 계절을 흔드는
가난한 내 창고에선 더 이상 꺼낼 말이 없어
첫사랑을 말하려다가 그만둡니다

마루 끝 까무룩 잠들었다가 떨어지고 싶은 곳

나뭇가지 사이로 물까치가 물어 나르는
풍경 같은
은하가 다 마를 때까지 기다려도 좋을 것 같습니다만

여름은 저녁도 달도 별도 더디게 와 닿습니다

신안

그쪽 사람들은
가끔 북쪽 바람이 돌아오지 않는 꿈을 꾼다고 했다

— 칠석날은 절대 비가 안 와요

염부의 예감이 기상청 예보보다 잘 맞는 날이 많다
마파람 불면 비가 온다는
하늘의 이치를 알기 때문이다

새벽잠을 떨치고 일터로 나가는 길
칠면초는 환장하도록 붉고
하늘은 자꾸만 뭉게구름을 게워놓고
뜨겁게 달아오른 밭에 바다를 납작하게 가둬 편다

햇살과 바람의 세공과 염부의 땀과 눈물로
알 굵은 소금이 완성된다

온통 소금이 된 몸을 씻고서야
물 말아 한술 뜨는 밥

소금꽃이 활짝 피면
염부의 웃음소리 붉은 서쪽으로 번진다

묵호

종일 따라오던 구름이 사라졌다
숨을 멈춘 듯 잠시의 고요
하루를 마감한 바다는 벌써 취기가 올라 있었고
붉어진 하늘만큼 허기가 졌다

흔해빠진 흥정의 재미도 없이
도다리 광어 호래기가 차례로 끌려 나와
바다 속 비밀은 한 음절도 발설하지 못한 채
잘리고 저며져 세절기 안으로 던져진다

애도는 짧게, 오롯이 지켜보는 이의 몫
망망대해를 꿈꾸었던 조각조각의 두근거림들

세상이 공평해지는 밤의 창가에 앉아
세상을 통과하지 못한 비명을 술잔에 채우고
물컹거리는 바다와 함께 삼킨다

고깃배가 부려놓은 항구의 시간이
멀리 빛처럼 물속에 갇힌다

3부

노을이라는 뜨거운 말을 생각하며

노을 전시관*

박제된 노을
저기, 한 오백 년쯤 갇히고 싶었네

꽁꽁 싸매둔 시간을
팽팽한 수평에 풀어놓고 싶었네

이미 먼 곳의 사람을 생각하며 아득해져
저물지 않는 하루였으면 했네

그 밤엔 사랑하는 사람들과 별을 두고
천 년 꿈의 빛으로 박아놓았으면 했네

누구 하나 사라져도 표시 나지 않는
세상쯤은 잊어도 괜찮겠다는 생각 들었네

노을이라는 뜨거운 말을 생각하며
먼지처럼 안개처럼 흩어져도 좋을

칠산 앞바다는 온통 바람의 독백뿐이었네

* 전남 영광 백수해안도로에 위치한 전시관. 하루 한 번 노을을 전시한다.

나는 아무것도 아니다

금계국 떠난 옆자리에 핀 기생초 꽃 피운 걸 보면

가뭄의 실개천에서 하루만큼의 목숨을 연명하는 왜가리와 마주치면

모노레일 위를 옮겨 다니는 까치들을 보면

큰물 지나면 허물어질 걸 알면서도 정성껏 돌탑을 쌓는 이의 손길이 느껴지면

수레국화 피었다 진 자리에 다시 수레국화 철없이 피어난 걸 보면

시멘트 담벼락을 잡고 오르는 담쟁이넝쿨을 보면

걷다가 지칠 때 이마를 만지고 가는 몇 올의 바람을 생각하면

무엇에 쓰일까 싶어도 나비에게 무당벌레에게 꽃술을

내주는 꽃에 비하면

추도예배

사도신경을 시작으로 어머니의 예배가 시작되었다
늘 맨 앞이었던 국가의 안위가 세계의 안위 다음으로
밀려났다

어머니도 다 아시는 거지
역병이 온 세상을 휘젓고 있다는 것을
지구 구석구석이 어수선하다는 것을

먼저 떠난 아버지와 오 남매를 위한 긴 기도는
찬송가로 연결되었다 항상 알 만한 찬송이었는데
이번에는 혼자 아시는 걸로 고르셨다
사회적 거리두기가 진행형이라 속으론 잘됐다 싶었지만
4절까지 다 부를 태세

깜박했는지 2절을 두 번 부르신다
우리의 눈치를 눈치챘는지 3절에서 그치시려는 걸
— 엄마 4절도 하셔야지

결국 4절까지 다 부르셨다 귀여운 엄마

주기도문의 아멘이 끝나도
아이들은 킥킥거리지 않았다

늙은 고양이를 위하여

아가야
기억하니
등에 앉았던 오후의 햇살을

어제 사뿐히 뛰어내린 꽃처럼
아픈 너를 앞에 두고 꽃에 대한 시를 읽는다

나는 이미 붉게 젖어 있고
글썽이다 서로를 바라보면
어제의 시간이 다시 오늘 오후에 와 있어

　늘어난 비듬과 빠진 흰 털과 마른 눈곱과 귀를 세우고 동그마니 몸을 말아 잠든 너의 모습, 오후의 눈부심과 올이 풀린 이불과 구토의 흔적을 쓰다듬다 보면 오래전부터 영원이라는 말을 믿지 않았지만 가끔 영원이라는 말이 필요해
　너를 위해
　어쩌면 나를 위해서

오늘은 턱시도 입은 늙은 고양이와 하얀 얼룩과 시들어
버린 오후를 위해 백합의 웃음은 잠시 지울게
　너만 좋다면, 이란 말을 할 때의 발걸음을 조심할 것

　갸르릉
　— 이제 나비 따윈 오지 않을 거야
　— 걱정 마 계절의 꼬리가 짧아졌을 뿐이야
　별 하나 품었던 기억을 꺼내면 오래된 거짓말들이 나란
히 가슴에서 글썽인다

　두 개의 창 너머 멀리서 빛나는 별아
　가까이 다가서지 마라

　우리 영원할 수 있을까

여름 방학

원두막을 지키라는 명이 떨어졌다
땡볕에 소 풀 뜯기고 동생 돌보며 집안일하는 것보단
백 배 천 배 나은 것이어서
라디오와 부채와 방학책을 들고 발걸음도 가볍게 원두
막으로 간다
순전히 폼이었던 것들 한쪽으로 밀쳐놓고 드러눕는다
흘러가는 흰 구름을 따라잡기엔 최적의 자세랄까
바람이 빼꼼히 들여다보다가 빠져나가고
햇살이 찡긋하고 돌아나가면
눈꺼풀이 스르르 내려앉는다

설핏 든 잠결에 바스락거리는 소리
숨을 죽이고 내다보니 반버버리 그녀
딸만 있는 집 씨받이로 들어와 아들 하나 낳고 일만 한
다던 여자
가끔 그 딸들의 엄마가 교회 올 때 따라오기도 했다
남의 밭둑에서 호박이며 푸성귀를 훔쳐가는 게 오금 저
린 일이란 걸 모르는지 그냥 손버릇만 조금 나쁜 여자
짓궂은 남자애들이 약을 올리기라도 하면 알아듣지 못

할 소리를 지르기도 하던 여자

원두막을 지키란 아버지 말은 둥근 데다 푸성귀 같아서
그냥 대충 그 여름을 넘기고 말았다

맥주박스 이야기

이야기의 **발단**은 4인용 테이블에 혼자 앉은 늙수그레한 사내

테라 한 잔을 앞에 두고 여기저기로 보내는 발신음이 오늘의 **전개**
서로 기대어 겨울 문밖을 견디는 고양이처럼,
떼 지어 거리를 활보하는 낙엽처럼,
잠시 마음 둘 곳을 찾는 신호음이 전부

의지와는 상관없이 스피커폰 바깥으로 끌려나온 남자는 **위기**의 시점
예의와 배려의 경로 이탈이란 걸 까맣게 모를 목소리에 묻은 약간의 졸림과 귀찮음
자꾸 거슬렸지만 취한 사내는 아무렇지가 않다
— 저 나이가 외로울 때지
— 외롭다 보면 저럴 수 있겠다
그냥, 그렇게, 이해하기로 했다

쓸쓸하다, 라는 형용사와 이미 **절정**인 만추의 밤이 제법

잘 맞아떨어지는데
　라디오에서 종일 흘러나왔을 노래의 제목을
　누구는 잊혀진 계절이라 하고 또 누구는 시월의 마지막
밤이라고 우긴다

　부킹이 어떻다느니 골프가 저렇다느니
　좁은 공간을 휘젓는 소음에 귀를 잠시 접는다

　이렇게 저렇게 살아가는 게 인생이라고
　그들이 아무렇게나 **결말**로 내놓은

해국

그 자리에 그냥 앉혀두고 왔습니다

날은 추워지는데
입술 깨물던 모습 밟혀 아픈데
차마 손잡고 돌아오질 못했네요

파랑이니 격랑이니 아득히 먼
돌밭길과 가시넝쿨을 지날 텐데
신발 한 짝 벗어주질 못했습니다

해파랑길,
그 곁에 쪼그리고 앉아
울컥, 붉어진 얼굴만 종일 들여다보고 싶다는 간절함
호주머니에 구겨 넣고 돌아왔지요

때로는 고요라는 말이
마음 가득 출렁거리는 물살을 일으켜서
나를 감싸고 주춤거리기만 할 뿐입니다

눈 감아도 보일

당신의 나라, 늘 궁금할 텐데

바다의 노래가 귓가에 맴돌면 어쩌죠

벤치의 하루

바닥을 기웃거리던 하루를 어깨에 맨 학생들의 등을 떠밀며

바람이 지나가요 늙은 개가 중년의 남자를 끌고 지나가요

젊은 여자가 휴대폰 속에 삿대질을, 아이는 길바닥에 지루한 시간을 그려요

아무도 들어주지 않는 말들이 돌아다녀요

떨어진 꽁초를 발길질하며 지나가는 남자

구름 사이로 햇살이 나와요

비둘기 떼 몰려들었다가 날아가요, 여자가 올려놓은 무거운 장바구니 위를

쓰레기통 옆, 강아지 한 마리 뒷다리를 들었다 사라져요

운동복을 입고 머리칼을 묶은 여자가 뛰어가요

앉아 있는 여자 사진을 찍는 청년은 추억을 쟁입니다

이미 한잔 걸친 듯 사내 셋 소주병을 쓰러뜨리며 목소리가 커져요

빈 병과 시답잖은 고집들이 껴안고 뒹굴어요

결항

불쑥, 결심합니다

제주행을 포기해버렸죠
때로는 빠른 포기가 평화를 불러오죠

내비게이션 목적지를 바꿨어요

김연지의 Whisky On The Rock이 나오네요
재즈향이 살짝 묻은 멜로디를 휘감는 그녀의 목소리
가을비 냄새가 나요
집시 여인의 몸짓이랄까
길 위에서야 온전해지는 나를 닮았다고 생각했어요

추위에 꽁꽁 묶인 풍경들이 언 뒤꿈치로 달아나네요
텅 빈 들판이 발가락이 시린 이유가 된다면 이상할까요

빈틈없이 살았다는 말이 가슴을 치게 만드는
이젠 버거운 낭만들은 시가 되기도 하죠

잠시 골똘한 사이 장필순이 나란히 걷고 있네요
미풍 부는 날 논둑에 앉아 부는 풀피리 소리 같아요

차 유리에 걸터앉은 하늘은 너무 파래요
과속방지턱처럼 저돌적인 햇살들
박효신의 숨이 나의 숨을 진정시켜요

갈 길 바쁜 해가 눈발 사이로 빤히 돌아보네요
눈 때문에 상한 마음이 눈에게 위로받는 기분 아니요?

영원한 것은 없다는 말을 하려다 끌썽였어요
와온 앞
일몰마저 없는 날이었어요

소금 연못

투다리 부르스타 위에서
화로꽃게어묵이 끓고 있다

통발 속 아비규환을 생각했을까
새끼 꽃게는 집게발을 바깥으로 내놓았고
가리비는 바다 쪽으로 귀를 열었다
입을 꽉 다문 진주담치와
마지막 열정을 꼿꼿이 세운 새우 두 마리

겨우 냉동실을 빠져나온 일상들이 흐물거렸다

탄성을 잃어버린 것들의 맛에
넌지시 건너온 달빛을 넣고 한소끔 더 끓인다

명치끝 뭉클하게 만져지던 절망의 순간
술잔 밑 희미한 동그라미를 읽던 생을 떠올린다

달빛처럼 흔들리며 걷는다

들끓던 연못의 속을 더는 이해하지 않기로 했다

나비가 날아갔다

안개 잦은 구역이 붉은 얼룩으로 흥건했다

야옹, 둥근 울음까지만
그의 생이었을 것이다

두개골이 으스러지는
찰나를 목격한 길은 더 낮게 엎드렸다

채 몸을 쫓아가지 못한 감각들이
달리는 자동차를 뒤쫓다 돌아온다

밤의 붉던 페이지에 핼쑥해진 낮달
가을이 지나간 길을 지나는 중이다

야옹, 대신 울어도 되겠니
나비야
너는 이미 지나갔고
더 붉어진 붉나무를 밀치며 내가 지나간다

더 이상 슬퍼하지 않기로 했다

한 뼘 햇살의 조문이 있었고
젖은 날개를 간신히 편 나비 한 마리
달빛고속도로를 벗어나고 있었고
붉은 구름은 서쪽으로 방향을 틀었다

비명도 없이 저문 작은 생명을 위하여
오늘도 가속을 붙이는 흉기를 위하여
자, 우리 모두 박수

백국댁

앞뒤로 살아 찬장의 숟가락 몇 개인지 다 알던
유년이 포개진 친구 엄마의 택호

슬레이트집의 완성은 지루했고
친구네 집 방 한 칸에서 여덟 식구가 장마철을 건너기
도 했다

매천역에 모인 친구들과 함께 조문을 간다

한 사람의 죽음이 몇 십 년 전을 불러 앉힌다
오랜 얼굴들끼리 맞춰 끼우는 거의 반세기의 퍼즐
— 하나도 안 변했데이
— 우째 똑같노

아무리 변해도 서로 잊지 않고 기억한다는 말

순간순간 마주친 국화꽃의 흰 웃음
웃으면 미안한 장소인데 웃음소리가 너무 환해서
소환된 유년은 깊은 눈물샘 속에 살아 기어이 건드리고

만다
　— 대리 불러주께 한잔해라
　— 네가 그러니 진짜로 좋다

　조금의 눈물이 사람의 심장을 말랑하게 만들지
　내일 한 번 더 들르기로 마음먹고 차를 두고 일어선다

　나를 벗는 일은 술 한잔이면 되지만
　사람의 일생을 탈출하는 방법은 죽음뿐이었다

좀비 천국

오토바이 타고 배달 가는 좀비
애인 만나러 가는 좀비
팔꿈치라도 닿을까 심드렁하게 걷는 부부 좀비
휴대폰 보며 무단 횡단하는 좀비
빨간 운동화 신은 좀비
장화 신고 첨벙거리는 좀비
불법 유턴하는 벤츠 좀비
하릴없이 쇼윈도를 기웃거리는 여자 좀비
바깥만 부러워하는 창 안의 좀비
유모차 타고 떼쓰는 귀여운 좀비
그냥 사색하듯 지나가는 좀비
비 그친 줄 모르고 혼자 우산을 쓴 좀비
나랏돈 받아먹으면서 나랏일은 안중에도 없는 좀비
자신의 입장이라고는 하나도 없는 입장의 여의도 좀비
알아주거나 말거나 종일 시詩 생각만 하는 좀비
그런 생각조차 못하는 나라는 좀비

목적은 딱 한 가지
신선한 피가 필요해

오월이 저리 푸르다

밤 깊어 세상 사물들 잠이 들면

무논을 빠져나온 개구리 울음

추억이란 말은

논둑처럼 그리움을 가둔 울타리이기도 해서

서러움의 또 다른 울음보로 부풀곤 해서

모두 사라져도

사라지지 않고 울음으로 일으켜 세우는

그리움으로 간절해서

밤하늘엔 별 뜨고 달은 또 저리 밝아서

사문진 일몰

손닿을 수 없는 저기쯤에
사무치는 이름 하나
붉게 글썽이면

하루의 파문을 접은 물새들
집으로 돌아간다

그 풍경, 그저 아득하기만 해서
오늘은 사문진에서만 해가 저문다

4부

어느 골목길 모퉁이에 내가 서 있습니다

병아리는 자라서

학교에서 돌아온 아이가
병아리를 내려놓네요

종종걸음치다 병아리가 미끄러지면
쪼르르, 아이도 미끄러집니다

흰 비닐봉지 속 모이는 거실을 돌아다녀요
병아리를 지나 찍-찍- 물똥으로 바뀝니다

앵무새가 쓰던 빈집에 박스를 깔아줍니다
리모델링 같은 거랄까요

그러기를 며칠, 앵무새처럼 말을 합니다
겨드랑이에서 날개가 돋아납니다

아! 날개 있는 것을 새장에 가두다니

뒤늦은 후회를 화단이 받아줍니다
병아리는 병아리

앵무새가 될 꿈은 애초에 꾸지 말아야 했나요

화단은 모든 것을 가꾸나 봐요
병아리를 지나 햄스터를 빠져나와 기니피그로

이젠 열아홉 고양이와 열세 살의 강아지로 진화했어요

깜빡, 속다

소줏내 묻은 입김으로 골목골목을 돌아들 때
낮 동안의 모서리들은 둥글어지고

상현달이 뒷걸음질치다 새벽에 걸리면
첫눈 날릴 때까지
잘못 주문한 커피를 마시듯 씁쓸하게
끝내 허공이고 싶었다

흘러내린 앞머리 올리는 사이
화병 속 리시안셔스의 하얀 추파
— 잘린 모가지로 여기까지 와서 활짝 웃으면 역마살
맞아

아! 한발 늦은 눈치여

조화造花의 조화調和롭지 못함에도
위로의 말까지 준비하는 쓸데없는 센스

마른 꽃이 웃듯 간간히 주고받는 풍경 너머로

비웃듯 소공원을 지나가는 바람

도둑눈이라도 다녀갔으면
발자국으로, 끝내 얼룩이 될지라도 했다

수요일 오후가 사라지는 풍경

창틈으로 비 냄새가 몰려와요
넣어둔 팔을 꺼내 비 냄새를 휘저어봅니다
내과를 갈까
동물병원을 먼저 갈까
순서를 정하지 못한 채
머리를 말리고 화장을 하는 동안
생각은 자꾸 희미해져가요

바깥은 비와 구름의 과도기
하늘은 오랫동안 참았던 눈물을 쏟아요
비가 내리면 습관적으로 요일을 잊어버려요
몬스테라에 물을 자주 주는 것처럼요

걸어서 다녀오기로 한 일을 포기해요
이월 마지막 날의 포기는 너무나 쉬워요
11번 대기표를 주네요
이런 날은 혈압 체크하고 약만 타려고요
내일은 삼일절이라 휴진이라는 안내가 붙었네요
사나워진 봄비는 오후를 농단하고요

이월과 삼월의 관점을 생각해요

미시령은 대설경보, 한라산 쪽은 폭우가 쏟아진다는
뉴스

폭설과 폭우 중간쯤에서 허우적대는 마음의
기침, 오후가 아득해집니다

용접

금둔사 낡은 화장실에 쪼그려 앉아
분홍의 수다를 들으며
먼 곳의 그대를 생각합니다

이월바람이 납월매臘月梅를 흔들어
뒤틀린 문틈으로 꽃향기를 밀어 넣네요

잠시 한 세계가 사라집니다

겨울이라기엔 아득하고
봄이라 하기엔 아련해서
올려다본 하늘

혼자 웃는 낮달

눈가에 젖어 번진 홍매와 같을까요
긴 터널을 간신히 빠져나온 불꽃들은
봄 햇살을 향해 달리는데

이른 봄을 마시며
그늘보다 낭창한 그대를 생각합니다

난데없이, 수도권 대설주의보가 뜨는
이 풍진에도
봄은 오고 있습니다

얼레지

그 여자

가슴을 열면 억만 개의 바람이
말하지 못한 바람의 쿨럭거림이
쿨럭이다 내뱉는 앙탈이 있고
쉰 목소리로도 뱉을 수 없는

한 통의 남보랏빛 슬픈 노래

그 첫 장을 열면 어디선가 달려든 눈발 하나처럼 녹아
버릴지도 모를
그가 있고
죄목도 모른 채 갇힌
그녀가 있다

훌쩍대는 시간의 손톱자국이 선명한
그가 그녀를 위로한다

뾰족하게 각을 세워 기웃거리던 바람을 둥글게 말아 어

깨로 삼고
　젖은 속눈썹을 깜빡거리며

　그녀가 전해준다
　아프지 말라던, 그의 말을

꽃샘

빨래를 널다 말고,

막 벙글어지는
봉오리를 직박구리가
쫀다, 안돼! 말이 목구멍에 걸려 있다

느닷없는, 목구멍에 걸린 나는
꽃 편에 서야 하나
새 편에 서야 하나

가지에 앉은 새까지 목련이라 쳐줄까

어디는 폭설이라는데
오는 둥 마는 둥 찔끔거리는 저, 비까지도
폭설을 품은 목련이라고 불러줄까

애타지 않으면 봄이 아니지

저 멀리 비로봉 이마가 희끗하다

우산 든 손끝이
목련 봉오리처럼 시리다

겨울비는 내리고

대한을 앞두고 비 오신다

적반하장을 버무린 말들이 둥둥 신파조로 떠다닌다

슬픔은 왜 눈가에 맺혀 하나같이 둥글어지는지
왜 구체적이지 않고 그냥 두루뭉술해지는지

어제는 얼마나 소용없는 말들로 가득한가

지금은 또 얼마나 젖어 구체적이며 소중한가

무언가 알 것 같다고 느꼈을 때
이미 세상은 깊은 강물에 속한 숱한 빗방울들
강물도 때로는 돌아보고 싶은 물방울의 순간이 있을 것
이다

부유하되 불행하지 않았으니
얼마나 다행인가

내가 나여서, 내리는 비 같아서

누군가를 다독여주는 빗소리처럼
바흐의 무반주 첼로 음이 공중으로 떨어진다

독거

동명항 낚싯집 앞
졸린 눈 비비고 나온 말-간 햇살 한 줌
텅 빈 어깨에 소리 없이 앉는다

발그레, 플라스틱 의자가 웃는다

무릎 위 앉은 비둘기 깃털을 만지는 노인
파랑의 시간을 쓰다듬는 손가락 사이로
떨리는
불쑥 치미는 그리움들
짙푸른 바다가 동공 속 얼룩을 흔든다

목이 쉬었던 날들, 삶의 가파르고 해진 문장을
자꾸 던져놓고 빠져나가는 파도

접었다가 펼쳤다가 들리거나 말거나 눈물 찔끔거리거나
상관없이 서로의 입장을 챙기는 사람과 새의 사이를
음이월 바람 소리가 지나간다

삼키지도 뱉지도 못할 말

입 안 가득 갇혀 있다

매미

자주천인국 무너지는 사이
뚱딴지꽃이 나타나요

천지사방으로 잠자리는 땡볕을 옮기고요

늘 그랬어요, 가는 날이
장날

여기저기 체험놀이를 하는 사이
막다른 골목 옥탑방 부패된 시신 발견

여기저기 구멍들이 태어나요

최선을 다해 울었지만
사방이 방음벽인 여기
그들의 귀는 듣고 싶은 것만 들릴 테고요

손바닥은 뒤집기 편한 모양새죠
안주머니에서 재빠르게 사망진단서를 꺼낼 수도

뒤집어씌울 수도 있고요

공범은 대체 어디에?

바람은 흘리듯 폭염을 뱉고 지나가고요

TELEPHONE, 왕릉*

여보세요? 당신을 잠깐 잊은 동안

태풍이 지나갔습니다
광시곡은 참으로 놀라웠습니다
들리나요? 여긴
모두 쑥대밭입니다

바다는 아직 할 말이 많이 남은 것 같습니다만
그 시를 나 받아 석을 수 없습니다
시간을 비웃듯 파도가
흰 구름과 물새들을 더 높이 날려 올립니다

폐사지 삼층 석탑
금이 간 옥개석 사이로 드나드는 시월 바람
무엇을 그리워합니까

사랑은 아무도 모르게
그리운 쪽으로 어깨가 기울거나
한 발짝 더 다가서는 것이라고

누군가 일러줍니다

여보세요? 미안하지만
오늘은 당신을 사랑해도 되겠습니까?

* 경주 문무대왕릉 근처 카페 앞 공중전화 이름

분홍노루귀

젖은 새소리를 말리는 건
다래 넝쿨 사이를 뚫고 들어온 햇빛이었어요

목청을 가다듬은 어린 새가 나를 깨웠죠

이슬을 털어내고 매무새를 고쳐 앉은 뒤

자, 보세요 어젯밤 꿈속에서 마주친, 맞죠?

숨을 멈추고 살며시 안아봐요
사랑의 말이 귓속 솜털을 한 올 한 올 일으키는 소리가
들릴 거예요

지금은
벼랑을 넘고 무덤을 지나온 발자국마저도 연분홍

여기는 토함산 자락, 비밀의 문을 열면
시부거리가 시작됩니다

조사助詞로 읽는 봄

조팝꽃이 까르르 웃는다

제비꽃은 온몸으로 웃는다

최선을 다해 꽃마리가 웃는다

그 풍경을 목도한 목련은
허공을 맨발로 걸으며 웃는다

나도 오후 내내
조사助詞로 봄을 읽으며 웃는다

비상 飛上

애초부터 정해진 길은 의미가 없다

되돌아갈 길 막막해도 잘못된 선택은 아니다

편견과 낯섦뿐, 그래도 더 높이 더 멀리
살아낼 것이다
멸종될 때까지

수만 번의 날갯짓에 피가 마르면
비로소 거슬러 나는 법을 꺼내고
생각하지도 못했던 곳에서 새 길이 나면
방향을 틀어야 한다

달빛이 어둠을 지나는 동안
아무 환활 무엇도 없어 길을 잃어버리고
밤의 발걸음은 잠 모퉁이를 바삐 돌아나간다

여러 겹 굴절된 시간을 부려놓는
둥근 자전의 강물을 거슬러

새벽은 오고
수면의 소름을 일으켜 세우는 바람의 손끝이 매워지면
네가 돌아온 길을
거슬러 난다

비상이다

그래서, 내가 있습니다

물고기가 자라납니다
팔거천은 어제보다 오늘 더 자랐습니다

어린 새가 나뭇가지를 건너다니며 지저귈 때마다
꽃은 피고 세상은 더 환해집니다
한 뼘씩 그늘을 넓혀가는 칠엽수를 안은 햇살을 사랑합
니다
건듯 건듯 어깨를 지나는 바람을 사랑합니다
오후 볕을 핥는 열여덟 살 고양이를 사랑합니다
사랑이 범람이면 팬데믹을 건널 수 있을까요

안에서 바깥을 내다보는 간절함처럼
별빛을 당겨오는 일도 오래도록 간절해서
늘, 우리를 꿈꿉니다

기다림이란 말에 이미 익숙하지만
꽃 울고 새 피면 다시 주저앉고 싶어져서
더 그래서, 뜨거워지는 가슴으로
낯선 길엔 내가 있기도 가끔은 사라지기도 합니다

돌담에 기대어 가물거리는 산 너울을 보면 눈물이 나서

이화우梨花雨 흩날리는 돌배나무 그늘이 하 좋아서

오늘도 어느 골목길 모퉁이에 나는 있습니다

조용한 사과밭

전윤호

시인

나는 지금 삼월 중순의 정선 아우라지에 있다. 강원도의 한복판이니 지대가 높아 아직 꽃도 피지 않았고 외려 싸락눈이 내린다. 평일이라 외부에서 온 관광버스도 사람들도 보이지 않는다. 강과 버드나무 그리고 묶인 배만이 보일 뿐이다.

외딴 나의 집에서 『오래 문밖에 세워둔 낮달에게』라는 시집의 원고를 보다가 배가 고파 여량면 소재지가 있는 곳으로 나왔고 갈 만한 곳이 하나밖에 없는 카페에서 커피와 빵을 주문하고 다시 원고를 읽었다. 고요하다. 시도 고요하고 창밖의 풍경도 그렇다. 삼월 중순에 싸락눈이라니. 무모하다. 온도는 빙점보다 위이고 눈은 내리자마자 장독대에서 물이 된다. 마침내 시들이 읽히기 시작한다. 이 원고는 고요한 뜨락에 관한 시들이다.

　나는 박숙경이란 시인에 대해 모른다. 생면부지에 시도 처음이다. 편집자에게 요청해 약력을 받았지만 역시 낯설다. 일독을 한 뒤 든 소감은 이랬다.

　차분하다. 좀처럼 감정이 들뛰지 않는다. 그리고 중요한 장점이 있었다. 그건 사물에게 말을 시킬 줄 안다는 것이다.

　봄의 꼬리엔 몇 개의 시샘이 따라다닌다

　다 부러워서 그러는 것
　눈앞이 뿌연 것도
　바람이 갈지자로 걷는 것도
　　―「봄날의 반가사유」 부분

　사월을 생각합니다
　단물 덜 빠진 껌을 꿀꺽 삼켜버린 아이처럼
　치약은 삼켜버리고 맹물만 뱉어낸 표정으로

　꿀꺽 삼켜도 될까요? 모서리가 많은 사월을
　　―「다음 역은 사월입니다」 부분

하늘이 가벼워진 이유는
늙은 별을 내려놓듯 밤새
볼이 불콰한 살구 몇을 버렸기 때문
—「살구가 떨어져」 부분

　박숙경 시인은 시를 시작하는 방법이 경쾌하다. 시작이
반이라고 독자의 관심을 끌려면, 독자가 끝까지 시를 읽
으려면, 좋은 시작은 필수인 셈이다. 아마 시상이 떠오를
때 좋은 시작을 얻기 위해 많은 노력을 기울였을 것이다.
아니면 천부적으로 시를 받는 안테나가 좋아서 불쑥불쑥
떠오르기도 하겠지만 나는 그런 천재들의 시는 별로다.
시작만 좋고 마무리가 시원치 않으니까. 그런데 이 말은
꼭 해주고 싶다. 시인은 여러 지명을 대며 시들을 풀어나
간다. 때로는 불친절하게 잘 알지 못하는 지명들을 아무
설명 없이 쓰기 때문에 어리둥절하기도 했다. 설명이 필요
없다는 것일까? 나는 시를 쓸 때 이런 경우 꼭 각주를 달
아 독자의 이해를 돕는다. 나만 아는 지명이 시를 읽는 데
불편을 줄 수도 있다 생각하기 때문이다.
　반대로 생각해보면 시에 문장부호를 다는 것조차 중복
이라 여겨 마침표도 달지 않는 시인들에게 각주는 또 얼
마나 지저분할까. 그러니 약간의 불친절을 감안하고서라

도 그럴 수도 있겠다 싶다. 그런데 시를 읽다가 이런 생각도 들었다. 시인이 지명에 대한 설명을 하지 않는 것은 이 지명들이 실제 있는 것이라기보다는 자신의 마음속에 있는 풍경의 이름들이어서 그럴 수도 있겠구나.

어쩌면 그는 자신이 시를 쓰는 공간을 들키지 않기 위해서 얼추 이름을 알 만한 지명들은 제하고도 매천시장, 추령재, 종달리, 금둔사, 팔거천 같은 지명들을 사용하는지도 모르겠다.

금계국 떠난 옆자리에 핀 기생초 꽃 피운 걸 보면

가뭄의 실개천에서 하루만큼의 목숨을 연명하는 왜가리와 마주치면

모노레일 위를 옮겨 다니는 까치들을 보면

큰물 지나면 허물어질 걸 알면서도 정성껏 돌담을 쌓는 이의 손길이 느껴지면

수레국화 피었다 진 자리에 다시 수레국화 철없이 피어난 걸 보면

시멘트 담벼락을 잡고 오르는 담쟁이넝쿨을 보면

걷다가 지칠 때 이마를 만지고 가는 몇 올의 바람을 생각하면

무엇에 쓰일까 싶어도 나비에게 무당벌레에게 꽃술을 내어주는
꽃에 비하면
— 「나는 아무 것도 아니다」 전문

원고를 계속 읽는 밤에 정선은 눈이 내리기 시작했다.
삼월 이십 일로 넘어간 시간이었다. 봄에 눈이라니, 그것
도 지붕에 수북이 쌓이는 함박눈이다. 봄은 변덕이 심하
다. 그게 힘들다.

박숙경 시인의 시에선 사월이 많이 나온다. "해가 뜨기
전 노을을/ 해가 다 저문 후 다시 쓰는 하늘의 이치를/ 사
월에 다다를 즈음에 알았어요"(「다음 역은 사월입니다」)
라고 말한다.
유월도 있다. 그 유월은 "넝쿨장미 향기와 까치 발자국
과 줄지은 개미와 떨어져 밟힌 오디는/ 서로 수혈을 하는
중이다"(「그리하여, 숲이라 말하는」)로 표현된다.
나는 겨울과 이른 봄을 많이 쓰고 그녀는 늦은 봄과 여
름을 좋아하는 것일까? 아무튼 그녀의 시들은 독특하고
아름다운 표현들이 많아 읽을 맛이 난다.

우연히 눈에 든 종점을 생각하면
첫사랑 하나쯤은 있어야 될 것 같았네
   —「감포종점」부분

웃다가 들킨 낮달 혼자만 바깥에 세워두고
문고리도 없는 미닫이문을 닫고서
   —「비산동 그, 집」부분

멀리 구급차 지나가는 소리
그리고 수만 평의 고요
   —「불면, 그리고 고요」부분

이런 구절들이 곳곳에 포진하고 읽는 사람들을 기다린
다. 아름다운 매복이다. 아까도 말했듯이 그녀는 자신만
의 뜰을 가지고 있는 것으로 보인다. 그 뜰에서 일어나는
사건들과 나무들과 꽃에 관해 시를 쓰는 것이다. 그 안에
는 사람들과 시간들이 줄줄이 서 있기도 하지만 모두 그
녀의 품 안에서 벌어지는 현상이다. 그러면서 그녀는 사
과가 완성되기를 기다리는 모양이다.
   나는 이런 방식이 마음에 든다. 적어도 소란스럽거나
특별한 척 하지 않는 수수함이 있다.

자신이 뛰어난 재능을 가졌다는 것을 증명하기 위해서 기나긴 시행들과 현란한 언어들을 동원해 읽는 사람들을 괴롭히는 시인들과는 다르다는 것이다. 그들이 과연 시인 인지도 의심스럽긴 하지만 마치 유행처럼 그런 시인들이 넘쳐난다. 그러므로 박숙경의 차분함은 큰 미덕이다.

한밤에 쌓인 눈은 정오가 되면서 다 녹아 없어질 줄 알 았는데 또다시 눈이 내린다. 봄눈은 이미 내리면서 사라 질 운명이지만 끊임없이 내린다. 이런 날에도 방금 우체 부가 오토바이를 타고 편지를 전하고 갔다. 역시 모르는 시인의 시집이 섞여 있다. 참 많은 시집들이, 예고도 없이 날아온다. 다 읽지도 못하고, 앞의 몇 편 읽어보면 더 읽 고 싶지도 않게 되는 시집들도 많다. 반면에 박숙경 시인 의 『오래 문밖에 세워둔 낮달에게』는 처음 몇 편을 읽다 가 어느새 끝까지 읽게 된 경우다. 여러 이유가 있겠지만, 일단 편집이 영리해서 잘 읽히는 시들을 전면에 배치한 것 이 좋았고, 무엇보다 편 편마다 문장마다 고민한 흔적이 보여서 좋았다. 나는 문학을 학문적으로 공부하거나 분석 한 사람이 아니어서 이런저런 문학 이론이나 외국 평론가 들의 입김 없이 시를 오랫동안 쓴 눈으로 시를 읽는다. 충 분히 시에 정성이 들어가 있구나 하는 감상이 든다면 일 단 다 읽을 이유가 된다.

다만 걱정스러운 부분도 있다는 것을 말해주고 싶다.

대중가요를 연상케 하는 제목들이나 본문에 대중가요가 나오는 것은 시의 무게를 떨어뜨린다. 그리고 외래어를 자연스럽게 사용하는 시대이긴 하지만 시에서만큼은 걸러주는 게 좋지 않을까 싶다. 그런 점에서 아래 시는 아쉬움이 있다.

청머리오리 수컷이 물속으로 부리를 꽂고 궁둥이를 치켜든다
앞발은 물속을 뒷발로는 바깥을 휘젓는다

artistic swimming
허공이 잠시 흔들린다

한 바퀴 돌 때마다 태어나는 파문의 자세는
butterfly

아름답다, 라는 말은 절실한 순간에 태어난다

돌 위에서 볕을 쬐던 흐린 갈색의 암컷이 뛰어든다
솔로에서 듀엣으로 종목이 바뀐다

바람의 노래는 크레센도 데크레셴도
우아함을 유지하면서 점점 난이도를 높인다

우수雨水 근방에서 물구나무선 저들의 자세
간절함이 자라면 경건함이 될까

살얼음판 위에 벗어둔 하루 위로 고단한 바람이 지나간다
— 「이월」 전문

　외국어와 형용사, 관념어들이 우리 시에 나쁜 영향을 끼치는 것은 시를 쓰는 입장이라면 누구든 조심해야 한다고 생각한다.

　밖은 눈이 오면서 쌓였던 눈을 지운다. 산중의 봄은 이렇게 당황스러운 경치를 보여주기도 한다. 아마 서너 시가 지나면 산과 강을 제외한 마을에 눈은 모두 사라질 것이다. 시인이 시를 쓰는 마음은 무엇일까? 이렇게 한바탕 내리고 사라지는 눈 같은 것일까? 내게는 시집들이 눈처럼 떨어지지만 마음에 쌓이는 시집은 많지 않다. 사과를 완성시키려는(「사과의 완성」) 시인의 간절한 마음도 이와 같을 것이다.
　나는 상상한다. 시인의 뜰을. 자신만의 뜰을 가지고 있는 시인은 드물다. 나만 해도 방랑자여서 이곳저곳을 떠돌 뿐이다. 자신의 정원을 가꾸려면 얼마나 많은 수고가 필요할까? 그녀는 수많은 언어를 뿌리고, 자르고 쓸데없

는 가지들을 쳐냈을 것이다. 그런 노고가 편 편마다 녹아 있다. 농부의 마음을 가진 시인이라 해도 무방할 것이다. 그러니 시인의 사과는 언제나 때가 되면 풍성한 결실을 맺을 거라 생각한다. 경건한 마음으로 받아야 할 그런 사과 말이다.

그 자리에 그냥 앉혀두고 왔습니다

날은 추워지는데
입술 깨물던 모습 밟혀 아픈데
차마 손잡고 돌아오질 못했네요

파랑이니 격랑이니 아득히 먼
돌밭길과 가시넝쿨을 지날 텐데
신발 한 짝 벗어주질 못했습니다
— 「해국」 부분

그러고 보니 정선에는 부쩍 사과밭이 늘었다. 기후 변화로 대구가 유명하던 사과는 이제 북상하여 강원도가 제격인 과일이 되었다. 그 사과나무들이 철모르는 눈에 피해는 입지 않을지 걱정이다. 그렇지 않아도 사과 값이 너무 올라 난리라는데 박숙경 시인의 사과밭은 어떤지 궁금하다. 하지만 시인의 시를 미루어 보건데 그 탄탄한 뿌리와 굵은 밑동은 아름다운 사과들을 잘 이고 서 있을 것이다. 나는 이런 사과밭을, 뜰을 가지고 있는 시인이 너무 부럽다. 사과가 완성되는 날, 가서 맛보고 싶다. 🔚

달아실시선 77

오래 문밖에 세워둔 낮달에게

1판 1쇄 발행	2024년 4월 26일
1판 2쇄 발행	2024년 10월 25일

지은이	박숙경
발행인	윤미소
발행처	(주)달아실출판사

책임편집	박제영
디자인	전부다
법률자문	김용진, 이종진
기획위원	박정대, 이홍섭, 전윤호
편집위원	김선순, 이나래

주소	강원도 춘천시 춘천로 257, 2층
전화	033-241-7661
팩스	033-241-7662
이메일	dalasilmoongo@naver.com
출판등록	2016년 12월 30일 제494호

ⓒ 박숙경, 2024
ISBN 979-11-7207-010-6 03810